토끼의 눈물

사랑하는 _____ 에게

_____ 가(이) 드립니다.

A Rabbit's Tears

김은진 글 | 백명식 그림

해와비

차례

토끼 마을을 구하라

산속의 가을 해는 여우 꼬리만큼이나 짧았다. 토끼 마을 주민들은 가을걷이에 일손을 빠르게 놀려야 했다. 무서리가 내리기 전에 곡식을 모두 거두어들여야 했기 때문이다.

누렇게 익은 벼와 깻단을 베고, 콩꼬투리도 따고, 고구마도 캐내야 했다. 과수원에서는 잘 익은 과일을 따내느라 정신이 없었다.

"흐음, 올해도 풍년이구만."

촌장은 기분이 아주 좋았다. 누가 열심히 일하는지, 누가 게으름을 부리는지도 꼼꼼히 눈여겨 두었다. 게으름을 피

우는 자에겐 내년에 농사지을 때 농토를 빼앗아 버릴 작정이었다.

"우리 마을에 해마다 풍년이 드는 것은 다 촌장님 덕분이지요."

"그럼요. 촌장님이 마을을 잘 다스려 주신 덕분이고말고요."

토끼들은 촌장을 볼 때마다 공손히 허리를 굽혔다. 촌장은 토끼 마을에서 임금님이나 마찬가지였다. 촌장이 시키는 일은 아무도 거역할 수 없을 만큼 위세가 당당했다. 명령에 순종하지 않으면 기다리는 건 캄캄한 지하 감옥이었다.

"자, 이제 그만 일손을 놓고 돌아들 가게."

"네."

토끼들이 타작한 곡식을 가마니에 막 퍼 담기 시작했을 때였다.

"아우우웅!"

갑자기 웬 짐승들의 기분 나쁜 울음소리가 산골짜기를 쩌렁쩌렁 울렸다. 앞산 수풀자락이 흔들리더니 시커먼 그림자들이 마을을 향해 달려오기 시작했다.

토끼들은 깜짝 놀랐다.

"늑대다!"

"빨리빨리 숨어야 해!"

보안관은 재빨리 뿔고동을 불었다.

"뚜우우우우 뚜우우우우!"

비상시 위험을 알리는 뿔고동 소리는 온 마을로 울려 퍼졌다.

토끼 마을 주민들은 황급히 여기저기 숨을 곳을 찾아다녔다. 헛간에도 숨고 다락에도 숨고 짚북데기 속에도 숨고, 오동나무 위에도 올라가 숨었다.

무서운 나머지 도망치지도 못한 채 벌벌 떨기만 하는 토끼들도 있었다. 아기를 들쳐 업은 엄마 토끼는 급한 대로 수숫단 속으로 뛰어 들어갔다.

늘대들이 곧장 들이닥쳤다. 날카로운 이빨과 사나운 발톱을 가진 늘대를 보기만 해도 토끼들은 간이 오그라들 지경이었다.

늘대들은 마을을 샅샅이 뒤져 토끼들을 찾아내기 시작했다.

우물 뒤에 주저앉아 벌벌 떨던 토끼가 제일 먼저 늘대에게 잡아 먹혔다. 헛간에 숨어 있던 딸기코 아저씨 토끼와 마루 밑에 엎드렸던 할아버지 토끼도 잡혔다. 수숫단 사이에 숨었던 엄마 토끼는 아기 토끼가 우는 바람에 그만 붙잡히고 말았다.

달빛이 환한 토끼 마을은 순식간에 공포로 얼어붙었다.

"아우우웅!"

우두머리 늘대가 소리를 치자 늘대들은 사로잡은 토끼들을 끌고 산속 깊이 사라져 버렸다.

토끼 마을은 순식간에 아수라장으로 변해 버렸다.

가족을 잃은 토끼들은 대성통곡을 했다. 아내와 아기를 한꺼번에 잃은 아빠 토끼는 정신을 잃은 채 쓰러지고 말았다.

촌장은 으드득 이빨을 갈았다. 당장 복수를 하고 싶었지만 그럴 만한 힘이 없었다. 덩치도 크고, 힘도 세고, 날카로운 이빨을 가진 늑대와 싸우기엔 토끼들은 너무나 연약한 존재였다.

토끼 마을 주민들은 공터에 모였다. 다들 두려움에 사로잡혀 얼굴이 파랗게 질려 있었다.

"촌장님, 우린 이제 어떡하지요? 늑대가 또 와서 우리를 해칠 거예요."

아랫마을 토끼가 촌장 앞에 털썩 주저앉은 채 울음을 터뜨렸다.

"이것 봐요. 촌장님 앞에서 지금 뭐하는 거요?"

촌장을 호위하던 보안관이 벌컥 화를 냈다. 그러자 촌장은 보안관에게 급히 눈짓을 했다. 잠자코 있으라는 신호였다. 잘못하면 섶에 불을 끼얹는 형국이 될 판이다. 이럴 때는 위로하고 격려하는 게 상책이란 걸 촌장은 경험으로 알고 있었다.

촌장은 비통한 목소리로 토끼들을 향해 연설을 하기 시작했다.

"여러분, 지금 우리는 위기에 처해 있습니다. 우리 마을의 평화는 포악한 늑대 때문에 깨어졌습니다. 지금 이 자리

에는 가족을 잃은 형제들이 하늘이 무너지는 슬픔을 견디고 있습니다. 문제는 늑대들이 언제 또 우리 마을을 쑥대밭으로 만들지 모른다는 것입니다. 좋은 의견이 있으면 말해 보십시오."

티모 엄마가 자리에서 일어섰다.

"촌장님, 이곳을 떠나는 게 좋겠습니다. 늑대가 찾을 수 없는 먼 곳으로 평화를 찾아 갑시다."

그러자 구레나룻이 긴 할아버지 토끼가 고개를 흔들었다.

"이 마을은 우리 조상 때부터 오래오래 살아온 곳이네. 우리의 집과 밭이 있고 과수원이 있는 곳이야. 차라리 죽으면 죽었지 고향을 떠날 수는 없어. 절대로!"

"고향도 좋지만 목숨이 더 중하잖아요? 우리 티모는 겨우 일곱 살인데 늑대에게 잡아먹히게 할 순 없어요."

티모 엄마는 티모를 끌어안으며 흐느꼈다. 그러자 티모가 큰 소리로 말했다.

"엄마, 울지 마. 메이 박사님이 계시잖아!"

티모의 말에 토끼들은 정신이 번쩍 들었다. 티모 엄마는 눈물 젖은 얼굴로 멍하니 티모를 바라보았다.

"메이 박사님은 힘센 로봇도 만들고, 하늘을 날아다니는 인공위성도 만드신댔어."

공터에 모인 토끼 마을 주민들의 얼굴에 희망의 빛이 비치기 시작했다.

'아, 그래. 메이 박사님이 있었지. 메이 박사님은 위대한 과학자이니 분명 늑대들을 혼내 줄 방도가 있을 거야.'

"촌장님, 메이 박사님을 찾아가 보세요."

"저도 들었어요, 메이 박사님은 세계적인 과학자래요."

"촌장님, 빨리 박사님에게 가서 늑대를 이길 무서운 무기를 만들어 달라고 하세요."

토끼들이 여기저기서 한 마디씩 떠들어 댔다.

촌장은 떨떠름한 표정이 되었다. 메이 박사를 별로 좋아하지 않았기 때문이다. 그러나 선택의 여지가 없었다.

다음날 아침, 촌장은 보안관과 함께 메이 박사를 찾아갔다.

메이 박사의 연구실은 높은 절벽 위에 있었다. 절벽 꼭대기를 오르는 길은 가파른 절벽을 나사 모양으로 빙글빙글 돌아가게 되어 있었다. 뚱뚱한 보안관에겐 길을 오르는 것이 무척 힘이 들었다. 보안관은 비 오듯이 땀을 흘렸다.

"어휴, 힘들어. 메이 박사는 괴짜인가 봐요. 이렇게 높은 곳에 연구실을 짓다니."

"과학자란 원래 특별한 연구실을 가지고 싶어 하지."

"특별한 것처럼 보이고 싶어서겠죠. 메이 박사가 늑대 잡는 괴물을 만들지 못한다면 창피를 톡톡히 당하게 만들겠어요."

촌장은 머리를 흔들었다.

"너도 보았잖니? 토끼 마을엔 메이 박사를 따르는 토끼들이 많단다. 함부로 박사를 대하면 토끼들이 너를 싫어할 게다."

보안관은 얼굴을 찌푸렸다.

"바보 같은 녀석들. 메이 박사가 마을을 위해 한 일이 뭐가 있다고. 일은 삼촌이 다 하시잖아요?"

촌장은 한숨을 길게 쉬었다.

"지금은 그런 걸 따질 때가 아니다. 늑대들을 막아 내지 못하면 우리 토끼들은 멸종하고 말 테니까."

"하필 메이 박사가 구원자가 된다는 게 전 싫어요."

"지금은 대안이 없다. 메이 박사 외엔."

촌장은 토끼 마을의 유일한 희망이 메이 박사라는 것에

대해 자존심이 몹시 상했다. 평소 이방인처럼 대했던 메이
박사였다. 박사를 위해 후원을 해 달라는 단체의 요청도 거
절했던 터라 더 껄끄러웠다.

촌장과 보안관은 겨우 가파른 길을 다 올라갔다.

아래를 내려다본 보안관의 얼굴이 새파랗게 질렸다.

"크아, 아찔하네요."

메이 박사의 연구실은 작고 초라했다. 통나무로 얼기설
기 대충 지은 집 같았다.

그 곁에는 늙은 소나무 한 그루가 서 있었다.

'이럴 줄 알았으면 후원을 좀 할걸 그랬군.'

촌장은 후회가 되었다.

"카아 카아!"

갑자기 검독수리 한 마리가 날아와 촌장과 보안관의 머
리 위를 빙글빙글 돌기 시작했다. 늙은 소나무 우듬지에 검
독수리 한 쌍이 둥지를 틀고 있었던 것이다.

촌장과 보안관은 얼굴이 창백해졌다. 검독수리는 토끼

사냥을 하는 포식자였기 때문이다.

"카라, 그만둬."

그때 문이 열리면서 메이 박사가 나타났다. 검독수리는 고개를 까딱하더니 재빨리 둥지 안으로 사라져 버렸다.

"아이구, 촌장님. 어서 오십시오."

촌장은 가슴을 쓸어내렸다.

"깜짝 놀랐습니다. 독수리의 밥이 되는 줄 알았지요."

"이거, 정말 죄송합니다. 조수가 심부름을 가는 바람에. 어서 들어오세요."

연구실 안은 실험 도구와 책들로 빼곡했다. 박사는 통나무 탁자 앞으로 손님들을 안내했다.

"그런데 여긴 갑자기 웬일이세요?"

촌장은 그동안 일어났던 사건을 메이 박사에게 말했다. 늑대들이 마을을 덮쳐 토끼들이 많이 희생되었다는 것과 앞으로 또 이런 일이 닥칠 수 있다는 것을. 메이 박사는 심각한 표정으로 이야기를 들었다.

"그래서 박사님의 도움을 받으려고 왔습니다."

"제가 도와드릴 일이 있다면 말씀해 주십시오."

촌장은 메이 박사 앞으로 의자를 끌어당겨 앉았다.

"박사님, 꼭 도와주서야 합니다. 우리 토끼들의 생명이 달린 문제니까요. 늑대를 이길 슈퍼 생명체를 만들어 주십시오."

"……."

침묵이 한참 흘렀다. 보안관은 답답함을 견딜 수 없어 메이 박사와 촌장의 얼굴을 번갈아 쳐다보았다.

"박사님……."

촌장이 다시 한 번 재촉했다.

메이 박사는 길게 한숨을 쉬더니 입을 열었다.

"촌장님, 생명체를 만드는 일은 그렇게 간단한 일이 아닙니다. 사실 생명을 창조하는 일은 신의 권위에 도전하는 일입니다. 그런 일은 신의 진노를 살 게 뻔합니다."

그 말을 듣자 자리에서 벌떡 일어난 보안관이 주먹을 쥐고 흔들었다.

"그게 말이 됩니까? 그럼 우리 종족이 지상에서 멸망해도 좋다는 말씀입니까?"

메이 박사는 말없이 눈을 감았다. 얼굴에 괴로운 표정이 나타났다.

"이봐. 왜 이렇게 흥분하는가?"

촌장이 보안관을 만류했다. 하지만 흥분한 보안관은 펄펄 뛰며 화를 냈다.

"이것 보시오. 박사도 우리와 같은 토끼 종족이오. 그런데도 강 건너 불구경하듯 하면 되겠습니까? 박사 혼자만 살아남아 잘살 것 같습니까?"

'잘한다.'

촌장은 속으로 박수를 쳤다. 보안관의 급한 성질도 다 쓸데가 있구나 하는 생각이 들었다.

메이 박사는 잠시 침묵하다가 촌장을 향해 말했다.

"촌장님, 생각할 여유를 좀 주십시오."

"지금 생각할 시간이 없습니다. 늑대가 언제 또 나타나 마을을 쑥대밭으로 만들지 모릅니다. 그러니 하루빨리 늑대를 이길 생명체를 만들어 주시오. 괴물이라도 좋소. 늑대를 이길 수만 있다면."

촌장이 채근을 했다. 메이 박사는 자신의 의지대로 선택할 수 없는 상황에 몰렸다. 신의 뜻을 거스르고 싶지 않았지만 동족의 멸망을 두고 볼 수는 더더구나 없었다.

"박사, 우리 종족의 목숨은 지금 바람 앞의 등불이오."

메이 박사는 한숨을 내쉬었다.

"좋습니다. 특별 생명체를 만들어 보겠소."

"정말 잘 생각하셨습니다."

촌장과 보안관은 뛸 듯이 기뻐했다.

"박사님, 그 생명체가 언제쯤 완성될 것 같습니까?"

"일주일 정도 여유를 주십시오."

"일주일? 너무 깁니다. 그 안에 늑대가 쳐들어올 수도 있어요. 게다가 훈련도 필요합니다."

촌장은 바짝 서둘렀다.

"알겠습니다. 최대한 빨리 만들어 보지요. 3일 후에 오십시오."

촌장과 보안관이 돌아간 후, 메이 박사는 소파에 주저앉아 머리를 감싸 쥐었다. 또 다른 생명체를 만드는 것은 신의 권위에 도전하는 일이다. 하지만 피해갈 도리가 없었다. 메이 박사는 괴로웠다.

이 세상은 신이 만든 생명체로 채워져 있다. 그 생명체들은 서로가 먹이사슬로 연결돼 있고 정확한 질서를 가지고 있는 것이다. 그런데 만약 다른 생명체가 나타난다면? 자연의 법칙은 큰 혼란을 일으킬 것이다. 그 혼란은 어쩌면 더 큰 재앙을 부를지도 모른다.

'하지만 그건 나중 일이야. 지금 당장 우리 종족이 멸망 당할 위기니 어쩔 수 없잖은가. 늑대를 막아 낼 특별한 생명체가 필요해.'

메이 박사는 실험실로 들어갔다. 늑대를 물리치려면 늑대보다 월등하게 힘이 세어야 하고, 용감하며 사나워야 했다. 팔다리가 무쇠처럼 튼튼하고 이빨이 강철처럼 날카롭고 눈에서 불꽃이 이글거리는 특별 생명체…… 특별 생명체…….

메이 박사는 한때 생명체를 만드는 기술 개발로 전 세계에서 손꼽히는 과학자였다. 하지만 그는 생명체를 만드는 일이 비윤리적이란 걸 깨달은 후 연구를 중단하고 말았다.

'아아, 그 일을 다시 시작하게 될 줄이야! 처음부터 그런 연구를 하지 말았어야 했는데.'

타이거, 미안하다

동녘 하늘이 붉게 물들기 시작했다.

"카아 카아!"

검독수리는 까마득한 벼랑 위를 빙글빙글 돌다가 한바탕 소리를 지른 후 사냥감을 찾아 날아갔다.

조수는 식사 준비를 끝낸 후 연구실을 노크했다. 밤늦게까지 연구에 몰두하느라 메이 박사는 의자에서 새우잠을 자기 일쑤였다. 게다가 오늘은 촌장과 약속한 3일째 되는 날이다. 조수는 은근히 염려가 되었다.

노크를 해도 아무런 응답이 없기에 조수는 다시 문을 두

드렸다.

"크르르……."

문밖으로 난데없이 짐승의 신음 소리가 튀어나왔다. 조수는 깜짝 놀라 급히 문을 열었다.

"넌 뭐야?"

조수는 눈이 화등잔이 되었다. 책상에 엎드린 채 잠이 든 박사 옆으로 철창 우리가 놓여 있고, 그 안에 처음 보는 짐승 한 마리가 으르렁거렸다. 붉은 털에 검은 줄이 죽죽 그어진 몸이 호랑이를 꼭 닮았다.

"오, 네가 박사님이 연구하던 특별 생명체구나."

조수는 반가웠다. 우리에 손을 넣어 짐승의 머리를 쓰다듬으려 하자 짐승은 날카로운 이빨로 조수의 손을 물어뜯어 버렸다.

"악!"

조수의 손에선 피가 뚝뚝 떨어졌다. 조수는 아픈 나머지 경중경중 뛰었다. 그 바람에 박사가 잠에서 깨었다.

"타이거, 무슨 짓이냐?"

메이 박사는 급히 붕대를 찾아 조수의 손을 싸매 주며 타이거를 야단쳤다.

"타이거, 너의 적은 늑대란다. 넌 토끼들을 구하기 위해 태어난 거야. 알았니? 단단히 새겨 둬."

타이거는 큰 눈을 끔벅이며 미안한 표정으로 엎드렸다.

메이 박사가 타이거를 한창 교육시킬 즈음 촌장이 박사의 연구실을 찾아왔다. 조수는 오늘만큼 촌장이 반가운 적도 없었다. 허리를 90도로 굽히며 정중하게 맞았다.

"새로운 생명체는 완성됐는가?"

"네, 촌장님. 어서 오십시오. 벌써 완성되었답니다."

타이거를 본 촌장은 입이 함박만 해졌다. 이젠 늑대로 인한 두려움에서 벗어날 수 있다고 생각하니 날아갈 듯 기뻤다.

"박사, 그동안 수고 많이 하셨소."

촌장은 메이 박사의 손을 잡고 치사를 했다. 하지만 박사는 염려스러운 표정을 지었다.

"촌장님, 이 녀석의 이름은 타이거입니다. 성격이 좀 사납지요. 특별히 주의할 것은 이 녀석의 몸에 함부로 손을 대면 안 된다는 것입니다. 아직 지능이 낮아 몸에 손을 대면 무시당한다고 생각하기 쉽습니다. 그리고 며칠 동안은

이 특수 사료를 먹이세요. 덩치도 커지고 힘도 강해질 테니까. 앞으로 늑대 걱정은 안 하셔도 될 겁니다."

"고맙소, 박사. 이 녀석을 데리고 가겠소. 그런데 말을 잘 들을지 걱정이군."

"타이거는 주인의 명령에 절대 복종하도록 만들어졌습니다."

메이 박사는 타이거를 향해 말했다.

"타이거, 넌 이제부터 촌장님을 주인으로 모셔야 한다. 명령에 절대 복종해야 해. 알았니?"

타이거는 순순히 고개를 끄덕였다.

"촌장님 명령에 따르고, 늑대와 싸워서 토끼 마을을 지켜 내는 것이 네 의무야."

타이거는 촌장과 함께 마을로 내려갔다.

타이거를 배웅하는 메이 박사는 어쩐지 마음이 놓이지 않았다. 하지만 조수는 후련한 기분이었다.

"저, 박사님!"

"왜?"

"타이거가 과연 늑대를 이길 수 있을까요?"

"타이거는 일주일 후면 호랑이만큼 커질 거다. 힘은 호랑이보다 몇 배 강하지. 타이거의 몸속엔 특별한 에너지가 흐르고 있어."

"네?"

조수는 입을 딱 벌렸다.

토끼 마을 주민들은 벌써부터 마을 입구에 모여 타이거를 기다렸다.

"박사님이 드디어 늑대를 물리쳐 줄 생명체를 만드셨대."

"오! 우린 이제 평화롭게 살 수 있겠군요."

주민들은 모처럼 웃으며 즐거워했다.

그동안 메이 박사의 연구실이 있는 절벽을 바라보며 타이거의 완성을 기다렸던 티모의 기쁨은 이루 말할 수 없었다.

드디어 촌장이 타이거를 데리고 나타났다. 주민들은 타이거를 먼저 보기 위해 서로 밀고 당기느라 정신이 없었다.

그때 타이거를 본 티모가 소리를 질렀다.

"야, 호랑이를 닮았다."

"그런데 늑대보다 훨씬 작잖아. 우리하고 몸집이 비슷해."

아이들은 거대한 로봇을 상상하다가 호랑이 새끼를 닮은 타이거의 몸집을 보곤 실망을 했다. 그것은 어른들도 마찬가지였다.

타이거를 처음 본 보안관조차 마뜩잖다는 표정을 지으며 촌장에게 말했다.

"이 작은 괴물이 과연 늑대를 혼내 줄 수 있을까요?"

보안관은 방망이로 타이거의 허리를 쿡 찔러 보면서 말했다.

"거, 호랑이를 닮긴 했군."

"아, 안돼!"

촌장이 말릴 새도 없었다. 타이거의 눈에서 불꽃이 이글거리기 시작하더니 번개같이 보안관의 방망이를 빼앗아 보안관의 가슴에 일격을 가했다.

"으악!"

보안관은 비명을 지르더니 맥없이 나동그라졌다. 순식간에 벌어진 일이었다. 촌장이 얼른 달려가 보안관을 일으켰을 땐 이미 왼쪽 갈비뼈가 부러진 상태였다.

"빨리 병원으로 옮겨라!"

경호원들이 보안관을 들것에 실어 병원으로 옮겨 갔다.

"타이거, 이게 무슨 짓이냐?"

촌장은 엄한 목소리로 타이거를 꾸짖었다. 그러자 타이거는 으르렁거리며 이글이글 불타는 눈으로 촌장을 노려보았다. 날카로운 송곳니가 입 밖으로 삐져 나온 얼굴은 끔찍했다.

주민들은 놀라서 뒤로 물러섰다. 아이들은 멀찌감치 도망을 쳐버렸다. 촌장의 얼굴이 주홍빛으로 물들었다. 주민들 앞에서 모욕을 당했다고 생각한 것이다.

"주민들을 집으로 돌려보내라!"

촌장이 명령을 내리자 경호원들이 주민들을 돌려보내기 시작했다. 티모는 엄마의 손을 잡고 가면서 말했다.

"엄마, 잘못한 쪽은 보안관 아저씨 같아. 타이거를 화나게 하지 말았어야 하는데."

"글쎄다."

티모 엄마는 더 이상 대답하지 못했다. 화가 잔뜩 난 촌장의 얼굴이 떠올랐기 때문이다.

절벽 끝 연구실에서 박사가 마을로 내려온 건 그리 오래지 않아서였다. 무슨 일이 일어났는지 박사는 이미 짐작하고 있었다.

"타이거는 인공 창조물이지만 생명체입니다. 무례한 행동을 하면 역반응을 일으키지요. 제가 조심해서 다루라고 말씀드리지 않았습니까?"

촌장은 눈꼬리를 치켜세웠다.

"박사는 너무 감상적이오. 우리에게 필요한 것은 늑대를 물리칠 무기란 말이오. 전적으로 내 명령에 복종하는 그런 무기 말입니다."

박사는 입을 다물고 끓어오르는 분노를 다스렸다.

"타이거를 죽이시오!"

"네?"

박사는 놀란 눈으로 촌장을 바라보았다.

"타이거 대신 다른 생명체를 만드시오. 절대적인 힘을 가지면서 명령에 절대 복종하는 그런 생명체가 필요하오!"

"그럴 순 없습니다."

"우리 토끼들이 멸종돼도 좋다는 거요?"

"타이거를 길들이십시오. 인공 생명체지만 죽이는 건 너무 잔혹합니다."

"박사, 타이거는 안 된다고 하지 않았소? 저런 야성을 길

들일 시간이 없어요."

박사는 곤혹스러웠다. 그는 타이거가 갇힌 우리를 바라보았다. 경호원들이 타이거의 우리를 둘러싸고 있었다. 우리 안에 갇힌 타이거가 지금쯤 불안에 휩싸여 있을 것을 생각하니 마음이 아팠다.

"언제 늑대들이 들이닥칠지 모르오. 우리 토끼 마을은 지금 한시가 급한 상황이란 말입니다. 타이거를 없애고 주인의 명령에 무조건 복종하는 생명체를 만들어 주시오."

이제 박사도 어쩔 수 없는 상황이었다.

"타이거가 먹을 음식에 흰독버섯 가루를 섞어 오시오."

경호원에게 부탁한 박사는 타이거가 갇힌 우리 곁으로 성큼성큼 다가갔다. 우리 속에서 으드득 이를 갈던 타이거는 박사를 보자 꼬리를 치며 반가워했다.

"타이거, 미안하다."

박사는 우리 안으로 손을 넣어 타이거의 머리를 쓰다듬었다.

'정말 미안하구나.'

경호원이 음식 그릇을 들고 다가왔다. 박사는 음식이 담긴 그릇을 우리 안으로 넣어 주었다. 타이거는 배가 고팠는지 허겁지겁 음식을 먹기 시작했다. 박사는 슬픈 눈으로 타이거를 바라보았다.

"으으윽!"

타이거는 괴롭게 몸을 뒤틀기 시작했다.

박사는 차마 더 볼 수 없어 그 자리를 떠났다. 촌장은 타이거가 온 몸에 경련을 일으키다가 쓰러진 것을 본 뒤에 그 자리를 떠나며 말했다.

"타이거를 묻어 버려라."

화이트루의 탄생

"박사, 다시 만드시오. 우리 토끼 마을을 구해 줄 위대한
생명체를."

박사의 귀에 촌장의 목소리가 쉴 새 없이 쟁쟁거렸다. 박
사는 어쩔 수 없이 또 실험실로 들어갔다.

"시간이 없어요. 우리 토끼 마을을 구할 만큼 강한 힘을
가졌으면서도 마음이 온순하고 충성심을 지닌 생명체를 만
들어 주시오."

촌장의 목소리는 박사를 따라다니며 괴롭혔다.

메이 박사는 연구에 몰두했다. 언제 늑대가 쳐들어올지

모를 상황이라 마음이 조급했다. 촌장은 마음에 들지 않았지만 마을을 구하기 위해선 어쩔 수 없었다.

강하고 온순하고 충성심도 가진 생명체… 생명체…….
메이 박사는 실험에 실험을 거듭했다.

"박사님, 그러다가 쓰러지시겠어요."

조수는 울상을 지었다.

"괜찮네. 참, 촌장이 내일 온다고 했던가?"

"네."

"흐음, 오늘 밤을 넘기면 안 되겠군."

"오늘도 밤을 새우시려고요? 벌써 사흘째 잠도 제대로 못 주무셨는데."

"최선을 다해 봐야지."

박사는 피곤한 몸을 일으키며 말했다.

"카라는 잘 있는가? 이 겨울엔 먹이 구하기도 쉽지 않을 텐데."

"박사님, 카라 걱정은 마세요. 마음만 먹으면 늑대라도 사냥할 수 있으니까요."

"허허허, 카라가 우리 토끼 마을을 구할 수 있으면 좋으련만."

박사는 실험실로 들어가며 쓸쓸하게 웃었다.

그날 밤, 첫눈이 하얗게 내렸다. 눈은 숲과 언덕을 덮고 산 아래 토끼 마을까지 하얗게 덮었다.

아침 일찍 일어난 조수는 창밖을 내다보았다.

'이렇게 눈이 내렸는데 촌장이 오긴 쉽지 않을 거야.'

날이 좋아도 가파른 길을 오르긴 쉽지 않다. 하물며 눈이 쌓여 미끄러운 길을 오진 못할 것이다.

"아니?"

조수는 눈을 비볐다. 나사 모양의 절벽을 휘돌아 촌장 일행이 걸어오는 게 아닌가!

'어휴, 정말이지 지독한 촌장이군.'

조수는 머리를 절레절레 흔들며 박사의 연구실 문을 노크했다.

"박사님! 박사님!"

아무 소리도 들리지 않았다.

"박사님, 아직 주무세요? 촌장이 오고 있어요."

"끄으응!"

이상한 신음 소리가 안에서 들렸다. 조수는 미소를 지었다.

"드디어 인공 생명체를 완성하셨구나. 역시 박사님이셔."

조수는 문을 열었다. 잠이 든 메이 박사의 발 아래 엎드려 있던 새로운 생명체가 조수를 바라보았다.

저먼 셰퍼드와 닮은꼴인데 눈이 무척 선량해 보였다. 새로운 생명체는 조수를 향해 꼬리를 흔들었다. 만나서 반갑다는 듯.

조수는 빙그레 웃으며 다가갔다.

"반갑다. 나는 박사님을 도와주고 있단다."

조수는 생명체의 손을 잡고 악수를 했다.

그 소리에 잠이 깬 박사는 기지개를 켜면서 창가로 다가갔다.

"히야, 밤새 세상이 달라졌군. 동화의 나라야. 세상이 달라지려면 저렇게 달라져야 하는데."

창밖을 내다보던 메이 박사는 촌장 일행이 걸어오는 것을 보았다. 메이 박사는 마뜩지 않은 표정으로 그들을 바라보았다.

"어떤가? 내 화이트루가."

박사는 창가에서 돌아서며 인공 생명
체의 머리를 쓰다듬었다.

"화이트루라고 하셨어요?"

"그래. 방금 이름을 화이트루라고 지었네. 특별한 능력을 많이 선물했지."

"온순해 보이는데요?"

"흐음, 화이트루는 서로 다른 두 가지 성향을 가지고 있네. 온순하면서도 격정적이거든."

화이트루는 조용히 박사의 발아래 엎드려 있었다. 순한 눈을 끔벅이며.

노크 소리가 들렸다.

"흠, 촌장이 온 모양이군. 내가 저런 독재자를 돕게 될 줄이야."

조수가 얼른 나가서 문을 열어 주었다.

"어서 오십시오. 촌장님."

"그래. 생명체는 완성됐는가?"

"네, 그런 것 같습니다."

"그런 것 같다니? 그렇다는 건가? 아니면 그렇지 않다는 건가?"

촌장은 얼굴을 찌푸렸다.

"과학자를 꿈꾸는 자가 그런 애매한 대답을 하다니."

조수는 황급히 고개를 숙였다.

"죄송합니다. 생명체가 태어났습니다."

"진작 그렇게 말할 것이지."

촌장은 얼굴을 펴고 안으로 들어갔다. 조수는 입술을 지그시 물고 있다가 뒤따라 들어갔다.

"촌장님, 어서 오십시오. 화이트루가 기다리고 있습니다."

"고맙소."

촌장은 화이트루를 조용히 관찰하기 시작했다. 타이거처럼 성격이 거칠지 말아야 하고 늑대를 물리칠 만큼 뛰어난 힘과 능력이 있어야 한다. 게다가 촌장의 명령에 절대 복종해야 한다.

"화이트루는 생각할 줄도 알고 우리말도 잘 알아듣습니다. 평소엔 온순하지만 불의를 보면 이성을 잃어버릴 정도로 화를 내는데 그럴 땐 누구도 당해 낼 수 없습니다. 아주 강해지지요. 하지만 평소엔 성격이 부드럽고 주인에게 충성을 다합니다."

"흐음, 그거 문제인데."

촌장은 곤란한 표정을 지었다.

"왜 그러십니까?"

"생각해 보시오. 불의를 봐야 강해진다는데 불의가 꼭 눈으로 드러나는 건 아니잖소? 충성을 하려면 무조건 충성하도록 프로그래밍해 주시오."

질책하는 어조였다. 함부로 화이트루의 능력을 사용하지 못하도록 하려는 박사의 의도를 촌장이 알아챈 것이다.

박사는 쓴 미소를 지으며 말했다.

"반드시 그렇다는 것은 아닙니다. 필요한 경우엔 설득을 시키십시오. 주인의 말엔 화이트루도 복종할 것입니다."

촌장은 소파 깊숙이 몸을 기댄 채 저먼 셰퍼드를 닮은 인공 생명체를 뜯어보았다.

"화이트루라고 했소?"

"그렇습니다. 흰 눈이 온 세상을 뒤덮은 날 태어났죠. 늑대와 싸워도 여간해서는 죽지 않을 만큼 강합니다."

박사는 화이트루를 향해 말했다.

"화이트루, 지금부터 촌장님이 네 주인이다. 너는 촌장님의 명령에 절대 복종해야 한다. 알았니? 그 표시로 지금 촌장님 앞에 무릎을 꿇어라."

화이트루는 자리에서 일어나더니 촌장 앞에 공손히 무릎을 꿇었다. 촌장은 그제야 흡족한 표정을 지었다.

박사는 돌아서며 얼굴을 일그러뜨렸다.

화이트루가 마을에 오자 토끼들은 크게 기뻐했다. 늑대

들을 물리쳐 줄 구세주가 왔으니 이젠 더 이상 불안에 떨지
않아도 되는 것이다.

화이트루는 촌장의 뒤를 그림자처럼 따라다녔다. 촌장은
든든한 화이트루 덕분에 어깨가 으쓱해졌다.

아이들은 화이트루를 보기 위해 촌장의 집 앞에 진을 치
고 기다렸다. 아이들을 야단쳐서 돌려보내도 소용없었다.

보안관은 혀를 끌끌 찼다. 담벼락이나 나뭇가지에 올라
가서 한 번만이라도 화이트루를 보려는 아이들의 극성에

고개를 절레절레 흔들었다.

"늑대를 물리치기도 전에 인기몰이를 하다니."

게다가 촌장도 오늘 하루 종일 화이트루만 끼고 도느라 보안관은 완전히 찬밥 신세였다.

'에이, 삼촌에게 따져야겠다.'

보안관은 화를 삭일 수 없어 촌장을 찾아갔다.

촌장은 저녁 식사 후 목욕을 하는 중이었다. 한참 기다려서야 가운을 걸친 촌장이 혈색 좋은 얼굴로 나타났다.

"네가 웬일이냐? 이 시각에."

"삼촌, 삼촌은 지금 우리 토끼 마을이 어떤 위기에 처했는지 잊어버린 것 같아요."

보안관은 심통스런 말투로 쏘아붙였다. 촌장은 빙그레 웃었다.

"너 지금 화이트루를 질투하는구나."

"그까짓 인공 생명체를 질투하는 건 아니고요."

촌장은 눈을 가늘게 뜨고 보안관을 바라보았다.

"화이트루는 한낱 인공 생명체일 뿐이야. 너와 나는 저놈을 이용하여 늑대를 물리치기만 하면 된다."

보안관의 눈이 왕방울만 해졌다.

"예?"

"너는 내 조카가 아니냐. 그까짓 인공 생명체 따위 한 트럭 실어와도 내 귀한 핏줄과 바꿀 순 없지."

보안관은 금세 입이 헤벌어졌다.

"삼촌, 진심이지요?"

"아무렴. 내가 거짓말하는 거 봤니?"

보안관은 머리를 긁적거리며 일어섰다.

"내일부터 화이트루를 훈련시킬 것이다. 언제 늑대가 들이닥칠지 모르니까."

"삼촌은 잘해 내실 거예요."

"아침 일찍 서둘 테니 그리 알고 너도 와야 한다."

보안관은 촌장에게 공손히 인사하고 날아갈 듯 집으로 돌아갔다.

첫 번째 눈물 - 평화를 위하여

날이 밝았다. 밤새 또 눈이 내려 마을을 하얗게 덮었다. 보안관은 눈을 헤치고 아침 일찍 촌장의 저택으로 달려왔다.

"삼촌, 이렇게 눈이 많이 왔는데 사냥할 수 있겠어요?"

"눈이 오면 사냥하기엔 더 좋은 기회다. 짐승들이 눈에 갇히거든. 발자국도 남기고. 자. 화이트루, 가자!"

촌장은 화살이 꽂힌 전통을 메고 보안관과 화이트루를 데리고 산으로 올라갔다.

장화가 눈 속에 푹푹 발자국을 찍었다.

그때 보안관이 소리쳤다.

"꿩이다!"

동시에 촌장의 화살이 나무 위로 피융 날아갔다.

"꽥!"

명궁의 솜씨였다. 꿩이 떨어지는 것을 본 촌장이 명령했다.

"화이트루. 꿩을 찾아오너라."

화이트루는 명령대로 꿩을 물고 왔다. 조금 더 앞으로 나아가니 눈 위에 찍힌 발자국들이 보였다. 보안관이 반색을 했다.

"삼촌, 사슴 발자국입니다. 두 마리군요."

촌장은 화이트루의 눈을 들여다보며 명령을 했다.

"화이트루, 지금부터 하는 일은 훈련이라는 것을 명심해라. 자, 가서 사슴을 잡아 오너라. 두 마리 모두. 죽여도 좋다."

화이트루는 고개를 움찔하였다. 속으로 한 번 더 촌장의 말을 새겼다.

'나는 훈련을 위해 여기 왔다. 훈련을 위해 사슴을 잡아야 한다.'

화이트루는 발자국을 향해 달려갔다. 마음속으로 복종,

복종해야 한다고 되뇌었다.

　기척이 있었다. 눈이 소담스럽게 쌓인 상수리나무 숲 사이로 숨어드는 생명체가 느껴졌다.

　화이트루가 달려가자 어미와 새끼가 달아나기 시작했다. 화이트루는 그 뒤를 따라 달려갔다. 거리가 좁혀졌지만 어미는 새끼를 두고 혼자 도망치지 못했다.

　새끼를 한달음에 잡을 수 있었지만 화이트루는 마음에

고통을 느꼈다. 그때 '절대 복종'이라는 단어가 화이트루의 머리에 떠올랐다.

화이트루는 휙 점프를 하여 새끼 사슴을 붙잡았다. 그러자 어미 사슴이 되돌아와 화이트루를 막아섰다.

"우리 아기를 놔주세요. 대신 나를 잡아가세요."

화이트루는 어금니를 깨물었다. 괴로웠다. 그러나 충성해야 한다. 화이트루는 어미를 붙잡은 후, 새끼를 보내 주었다.

"어미와 새끼 두 마리였는데 새끼는 왜 못 잡았지?"

촌장은 화를 냈다.

"화이트루, 넌 내게 복종해야 한다는 것을 잊었니?"

화이트루는 촌장 앞에 무릎을 꿇었다.

"당장 가서 새끼를 잡아오너라."

화이트루는 일어섰다. 곧장 달려간 화이트루는 곧 새끼를 입에 물고 왔다.

어미 사슴이 처량하게 울었다.

"사슴들을 죽여라!"

촌장이 또 명령을 내렸다. 화이트루는 눈을 감았다. 주인님의 명령이다. 복종해야 한다.

화이트루는 사슴 두 마리의 숨통을 끊었다. 하얀 눈 위에 사슴 두 마리의 붉은 피가 뿌려졌다.

촌장은 그제야 너털웃음을 터뜨렸다.

"화이트루, 아주 잘했다."

그날 화이트루는 고라니 다섯 마리와 곰 한 마리를 사냥했다.

집으로 돌아온 화이트루는 저녁도 먹지 않고 자리에 누웠다. 어미 사슴과 새끼 사슴이 자꾸 생각났다. 앞으로 얼마나 많은 생명을 죽여야 하는 것일까.

화이트루는 새벽녘에야 겨우 눈을 붙였다.

아침부터 앞뜰이 소란스러웠다.

누군가 애처롭게 울어 대는 소리도 났다. 화이트루가 나가 보니 촌장과 보안관이 경호원들과 함께 서서 무어라고 얘기하는 중이었다. 그들의 발밑에는 털이 하얀 새끼 늑대 한 마리가 밧줄에 묶인 채 울고 있었다.

화이트루는 눈살을 찡그렸다.

또 죽이는 훈련을 받는구나.

아니나 다를까. 촌장이 화이트루에게 말했다.

"화이트루, 이 새끼 늑대는 늑대 여왕의 아들이다. 늑대들이 그동안 우리 토끼 마을에서 얼마나 잔혹한 짓을 했는지 네가 안다면 내 마음도 이해할 것이다. 당장 이 새끼 늑대를 죽여라. 이것도 훈련이다."

화이트루는 새끼 늑대를 보았다. 두 눈이 마주쳤다.

'살려 주세요. 제발!'

새끼 늑대가 애원을 했다.

화이트루는 마음이 몹시 아팠다.

"어서 죽여라!"

명령이다. 주인님의 명령이다.

'새끼 늑대야, 미안해.'

화이트루는 눈을 질끈 감고 날카로운 송곳니로 새끼 늑대를 한 번에 죽여 버렸다.

촌장이 또 너털웃음을 터뜨렸다.

"하하하! 화이트루, 잘했다."

보안관도 껄껄 웃었다. 그들의 웃음이 화이트루에겐 소름끼치게 무서웠다.

촌장이 경호원들을 데리고 외출을 하자 화이트루는 새끼 늑대의 시체를 입에 물고 밖으로 나갔다. 눈 덮인 벌판을 쏜 살같이 달려간 화이트루는 양지바른 산 밑에 새끼 늑대의 시체를 놓았다. 햇볕이 따스해서 양지쪽 눈은 녹아 있었다.

화이트루는 땅을 파기 시작했다. 곧 구덩이가 만들어졌다. 화이트루는 구덩이 속에 죽은 새끼 늑대를 조심스럽게 넣은 뒤 흙으로 덮어 주었다. 그리고 무릎을 꿇었다.

'새끼 늑대야, 정말 미안해.'

화이트루의 커다란 두 눈에선 굵은 눈물방울이 흘러내렸다.

화이트루는 어금니를 깨물었다. 산으로 뛰어 올라간 화이트루는 정신없이 산을 헤집고 달리기 시작했다. 달리다가 나뭇가지에 찔려 몸 여기저기 상처가 나기도 했다. 그래도 좋았다. 상처의 아픔이 오히려 위로가 되었다. 달리는 동안은 잊어버릴 수 있었다.

박사님은 왜 나를 만드셨을까? 왜 나를 생명을 죽이는 무기로 만드셨을까? 박사님이 원망스러웠다.

하지만 주인에게 복종해야 한다. 나를 만든 박사님이 나를 그렇게 만드셨다. 화이트루는 천 번도 더 이 말을 되뇌었다.

겨울나무 숲의 승리

저녁 무렵이었다.

보안관이 토끼 한 마리를 데리고 촌장을 찾아왔다. 이 토끼는 발이 빠르기로 유명한 첩자 토끼였다. 촌장의 명을 받고 임무를 수행한 후 돌아온 것이다.

"그래, 늑대가 어디로 이동하는지 알았는가?"

"네, 촌장님."

"어디로 갔는가?"

"북쪽 산의 겨울나무 숲으로 들어간다고 합니다. 그곳엔 큰 굴이 있어 겨울을 춥지 않게 지낼 수 있다고 들었습니다. 그런데 늑대 여왕의 아들이 행방불명된 바람에 늑대 나라는 지금 정신이 없습니다."

촌장과 보안관은 아주 고소하다는 표정을 지었다.

"흐흐흐흐, 늑대 놈들. 두고 봐라. 우리를 괴롭힌 대가를 톡톡히 치르게 해 주겠다."

"그러게 말입니다. 늑대 놈들. 화이트루에게 당하는 꼴을 얼른 보고 싶군요."

촌장이 첩자를 보며 말했다.

"아들 때문에 쉽게 이동하진 못하겠군."

"아닙니다. 지금 있는 곳은 눈보라를 피할 수가 없어서 더 견디지 못합니다. 늑대 여왕은 아들을 위한 수색대를 내보내고 이달 보름, 달이 뜨는 시각에 이동한다는 방침입니다."

"보름이라……."

촌장의 눈이 반짝 빛났다.

"보안관, 이달 보름날 달이 뜨기 전까지 마을의 젊은 토끼들을 모두 동원하여 겨울나무 숲 속에 매복시키게. 늑대가 이동할 때 토끼들은 일제히 튀어나가 발로 땅을 치는 거다. 젖 먹던 힘을 다해서 말이야. 늑대들이 무슨 영문인지 몰라 당황할 때 화이트루를 내보내라. 화이트루가 늑대들을 깨끗이 해치워 줄 것이다."

"알겠습니다. 삼촌."

촌장은 첩자 토끼에게 당부하였다.

"수고했네. 자네는 혹시 별다른 일이 있을지 모르니 늑대들을 잘 감시하게. 내 상을 후하게 내리지."

"감사합니다."

첩자 토끼가 나가자 촌장은 보안관에게 정색을 하고 야단을 쳤다.

"너는 언제나 철이 들겠냐? 누가 곁에 있을 땐 우리가 혈족이란 걸 내세우면 안 된다. 반드시 촌장님이라고 불러야 해. 혈족끼리 권세를 나눠 가진다는 이미지는 아주 곤란하거든."

"알겠습니다. 삼촌, 아니 촌장님."

보안관은 뒤통수를 벅벅 긁었다.

"그런데 화이트루는 어디 갔습니까? 보이지 않는군요."

촌장은 만족한 웃음을 머금으며 말했다.

"메이 박사가 화이트루를 아주 제대로 만들었더군. 화이트루의 몸이 늑대보다 더 커졌어. 힘이 장사인데도 내 말엔 절대 복종하지. 허허허. 산에 가서 훈련을 하라고 명령했다."

"삼촌, 저어…….”

보안관의 표정이 어두워졌다.

"왜 그러느냐?”

"늑대들을 모두 해치우고 나면 어떡하실 거예요?”

"어떡하다니?”

"화이트루 말이에요.”

촌장은 잠자코 있었다.

"왜 대답을 안 하세요?”

"그때 가서 생각해 보자.”

대답은 그렇게 했지만 촌장의 얼굴은 어두워지고 있었다. 그 문제를 생각해 보지 않은 것은 아니다. 화이트루의 탁월한 능력은 유사시엔 필요하지만 그렇지 않을 땐 오히려 위협이 될 수도 있다. 자신과 생각을 달리하는 메이 박사가 화이트루를 이용하여 자신을 제거할지도 모른다는 두려움도 들었다.

'아무튼 늑대를 물리친 뒤 보자.'

보름날이 되었다.

보안관은 청년 토끼들을 데리고 겨울나무 숲 덤불 속에 숨었다. 화이트루는 반대편 거북바위 뒤에 매복시켰다.

아직 달이 뜨기 전이라 사방은 어두웠다. 곧 별들이 마른 나뭇가지 사이로 반짝이기 시작했다.

화이트루는 침착했다. 드디어 사명을 완수하게 된 것이다.

'오늘 토끼들의 원수인 저 늑대들을 모두 처치할 것이다. 그 다음엔 평화가 오리라. 그때는 더 이상 생명을 죽이는 일은 하지 않아도 된다. 그러면 촌장도 나를 박사님께 돌려보내 주겠지.'

화이트루는 박사님이 보고 싶었다.

이윽고 달이 떠오르기 시작했다. 대보름달이다. 커다란 달이 둥실 떠오르자 숲은 환하게 빛나기 시작했다.

많은 발소리들이 들렸다. 늑대들이 이동을 하기 시작한 것이다. 토끼들은 숨을 죽였다. 자기들을 먹이로 삼는 무시무시한 늑대들이다. 두려움이 밀려들었다.

그러자 보안관은 토끼들을 독려했다.

"우리에겐 화이트루가 있다. 두려워하지 말라!"

늑대들의 행렬이 덤불 가까이 오자 보안관도 오금이 저렸다. 만약 화이트루가 늑대들을 막아내지 못한다면? 그때는 토끼 마을도 끝장이다. 그렇다고 뒤로 물러설 수도 없는 일이었다.

'에라, 모르겠다.'

보안관은 온 힘을 다해 방망이로 땅을 내리쳤다. 젊은 토끼들은 한꺼번에 튀어나가 땅바닥을 발로 차기 시작했다.

조용한 숲길을 걸어가던 늑대들은 깜짝 놀랐다. 무슨 영문인지 어리둥절했다.

하지만 상대방이 자기들의 먹잇감인 것을 알자 어이없다는 듯 웃음을 터뜨렸다.

"저놈들이 하룻강아지 범 무서운 줄도 모르는군."

"흐흐, 제 발로 무덤을 찾아왔군 그래."

　늑대들이 토끼들을 비웃을 때였다. 화이트루가 토끼들의 앞을 가로막았다. 달빛 아래 화이트루의 모습은 참으로 위풍당당하였다. 늑대들은 화이트루의 몸에서 강렬한 힘을 느꼈다. 더는 나가지 못하고 그 자리에 멈추어 섰다.

　우두머리 늑대가 앞으로 나섰다.

　"너는 누구냐?"

　"나는 화이트루다."

　"흠, 네가 바로 산속의 동물들을 모두 없앴다는 그 화이트루군. 말해 보라. 왜 우리의 앞길을 가로막는가?"

"너희들은 잔인하게 우리 토끼들을 해쳤다. 마을로 쳐들어와 죄 없는 토끼들을 죽이고 잡아가지 않았느냐? 너희는 그 벌을 받아야 할 것이다."

우두머리 늑대는 화이트루를 노려보며 조용히 말했다.

"우리는 토끼들에게 어떤 원한이 있는 게 아니다. 다만 굶주림을 채우기 위한 행동이었을 뿐이다."

그때 촌장이 소리를 쳤다.

"화이트루, 공격해라. 늑대는 우리의 원수다!"

"흠, 복수를 하겠다고? 좋다. 여기서 한판 승부를 벌이자."

늑대들은 화이트루를 노려보았다. 상대방은 하나고, 자기들은 수십 마리다. 네까짓 게 힘이 있으면 얼마나 있겠는가!

늑대들이 화이트루에게 덤벼들었다. 단번에 숨통을 끊어 버릴 심산이었다. 그러나 화이트루는 가볍게 몸을 피하더니 반격을 개시했다.

곧 무시무시한 혈투가 벌어졌다. 화이트루는 번개같이 몸을 움직이며 한꺼번에 덮쳐 오는 늑대들을 발길로 차고 송곳니로 물어뜯었다.

토끼들은 제각기 흩어진 채 숨어서 이 광경을 바라보았

다. 여차하면 도망칠 기세였다. 하지만 화이트루의 강력한 힘에 밀리는 늑대들을 보니 흥분을 금할 수 없었다.

화이트루는 역시 강했다. 화이트루의 무쇠 발에 채인 늑대들이 길바닥에 퍽퍽 나가떨어졌다. 길 위에는 피가 흥건했다.

"상대는 하나다. 물리쳐라!"

우두머리가 소리쳤다. 그러나 화이트루에게 다가간 늑대들마다 맥없이 피를 흘리며 쓰러지자 늑대들은 두려움에 사로잡혔다.

"안되겠다. 도망쳐라!"

마침내 우두머리가 명령을 내렸다. 남은 늑대 몇 마리는 흩어져 달아나기 시작했다.

"와하하하하!"

토끼들은 숨어 있던 곳에서 나와 한바탕 춤을 추며 기뻐했다.

"화이트루, 만세!"

청년 토끼들이 화이트루 주위를 둘러싸며 만세를 불렀다. 이제 다시는 늑대들이 쳐들어오지 못하리라. 토끼 마을은 영원한 평화를 누리게 되리라.

촌장과 보안관은 뒤에 서서 이 광경을 물끄러미 바라보았다. 같이 기쁘고 즐거워야 하는데 왠지 마음이 착잡했다.

눈앞에서 벌어진 광경을 보자 더더욱 화이트루의 힘이 두려워졌다. 이제 토끼 마을은 화이트루를 영웅처럼 떠받들 것이다. 힘도 없고 늙은 촌장의 권위는 땅에 떨어질 것이 뻔하지 않은가. 촌장은 어금니를 깨물었다.

도망친 늑대들은 늑대바위로 모여들었다.

"무슨 일이냐?"

늑대 여왕은 피를 흘리며 달려온 늑대들을 보자 가슴이 철렁했다.

우두머리가 무릎을 꿇었다.

"여왕님, 죄송합니다. 거의 다 죽고 겨우 우리만 살아왔습니다."

"무슨 일이냐니까!"

"화이트루가 원수를 갚는다며 길을 막았습니다. 그런데 우리 힘으론 그를 당할 수가 없었습니다."

"화이트루? 산속의 동물들이 무서워 떤다는 그 화이트루 말인가?"

"네, 그렇습니다. 화이트루의 힘은 너무나 강력합니다. 화이트루에게 한 번만 맞으면 팔다리가 부러지고 맙니다. 우리 동족들은 죽었는데 제가 이렇게 살아 돌아왔으니 벌을 내려 주십시오."

우두머리는 분한 나머지 어깨를 들썩이며 울음을 터뜨렸다.

흰 털이 우아한 늑대 여왕은 괴로운 표정으로 눈을 감았다. 하나밖에 없는 자식을 잃은 지도 얼마 되지 않았다. 그런데 동족들마저 처참하게 화를 당하다니! 늑대 여왕은 이를 깨물었다.

다른 늑대들도 죽은 듯이 엎드렸다.

"진정하게. 자네들 탓이 아니야."

늑대 여왕은 한참 뒤에야 침묵을 깨고 조용히 말했다.

"우리는 살기 위해서 토끼를 죽였다. 하지만 토끼 입장에서 보면 우리가 원수가 된다. 우리 늑대들이 세상에서 사라져 주기를 바랄 것이다. 어찌하겠는가. 슬픔은 이미 당한 것이니 상처를 딛고 일어나야 할 것이다. 함께 떠나지 않아화를 면한 동족들과 힘을 모아 앞으로 살아갈 길을 찾아보도록 하게."

늑대 여왕은 밤하늘을 우러러보았다. 잃어버린 아들과
죽은 늑대들의 얼굴이 달 속에 박혀 있었다.

"화이트루! 화이트루!"
토끼 마을이 떠들썩했다. 늑대들을 물리치고 승리한 화

이트루는 영웅이 되었다.

아이들이 더 난리였다. 아이들은 화이트루를 만나고 싶어 촌장의 집 담벼락에 오르거나 나무 위에 오르기도 했다. 그 아이들 속에는 티모도 있었다. 티모는 오늘 반드시 화이트루를 만나고 말리라고 결심을 했다.

'화이트루는 나 때문에 태어난 거야. 내가 말했어. 박사님에게 늑대를 물리칠 로봇을 부탁하라고.'

생각할수록 신나는 일이었다. 티모는 친구들에게 이 사실을 이야기하고 어깨를 으쓱했다. 결국 티모는 무서운 늑대를 물리치게 한 첫 번째 공로자인 셈이다.

날이 저물어 아이들이 다 돌아간 뒤에도 티모는 나무 뒤에 숨어 더 어두워지기를 기다렸다. 겨울이라 몹시 추웠다. 바람이 쌩 지나갈 땐 귀가 꽁꽁 얼었다가 떨어져 나갈 것만 같았다. 주위가 완전히 깜깜해지자 티모는 나무를 타고 촌장의 집 담장 안에 살짝 내려섰다. 다람쥐처럼 나무를 잘 탄다고 소문난 티모였다.

두 번째 눈물 - 촌장의 음모

집 안은 넓었다. 티모는 불이 켜진 방을 살폈다. 대청마루가 붙은 방이 아마 촌장님의 방일 것이다. 화이트루는 어디에 있을까?

그때 굵고 낮익은 목소리가 흘러나왔다. 보안관의 목소리였다.

'보안관은 아직도 집에 안 갔네.'

티모는 귀를 기울여 보았다.

"이대로 있으면 안 됩니다. 하루빨리 대책을 강구하셔야지요."

보안관은 무언가 재촉하는 것 같았다. 촌장의 목소리가
들렸다.

"누가 들으면 어쩌려고 그러는가? 조용히 하게."

"듣긴 누가 들어요? 화이트루는 별장으로 휴가 보내셨잖
아요. 경호원들은 제가 특별 휴가를 보냈고요."

"평화가 좋긴 하군. 늑대를 물리쳤으니 발 뻗고 자야 하

는데……."

"삼촌, 이젠 늑대가 아니라 화이트루가 골칫거리예요. 메이 박사가 화이트루를 앞세워 토끼 마을을 점령한들 우린 아무 힘도 없다고요."

"설마 그러기야 하겠느냐?"

"삼촌도 참. 메이 박사가 삼촌을 어떻게 생각하는지 아시잖아요? 이번엔 토끼 마을 전체의 운명이 걸린 문제니까 도와준 거지요."

"……."

"삼촌!"

"그럼 어떻게 하면 좋겠느냐?"

"화이트루를 죽이세요."

몰래 듣고 있던 티모는 너무나 놀라 눈이 휘둥그레졌다.

"어떻게?"

"지난번 타이거 때처럼 먹이에 독버섯 가루를 섞어 먹이는 거예요."

"메이 박사가 그 사실을 알게 되면?"

"메이 박사를 먼저 없애야지요. 내일 당장 자객을 보내세요."

"흐음."

티모는 더 이상 듣고 있을 수가 없었다.

'박사님이 위험하다.'

티모는 살며시 그 자리를 떠났다. 다리가 후들후들 떨렸다.

'박사님과 화이트루 모두 위험해.'

티모는 집으로 돌아갈 수가 없었다. 박사님이 위험하다는 것을 안 이상 이 사실을 알려 드려야 했다.

날은 춥고 밤은 깊어 가고 있었다. 엄마가 얼마나 걱정하실지 염려가 됐지만 티모는 메이 박사의 연구실이 있는 절벽을 향해 발길을 옮겼다.

길이 잘 보이지 않았다. 하늘에 구름이 끼어 달도 별도 가렸기 때문이다. 길가에 시커먼 그림자들이 보였다. 머리를 풀고 긴 손톱을 내민 마녀 같아서 티모는 등골이 오싹하였다. 식은땀이 등줄기를 적셨다.

'무서워서 도저히 갈 수가 없어. 집으로 돌아갈래.'

뒤돌아서다가 다시 또 돌아섰다.

'박사님이 위험해. 내일 자객을 보낼지도 몰라. 그럼 박사님이 죽을 거야. 위대한 박사님을 죽게 할 순 없어.'

티모는 이를 악물고 걸어갔다. 갑자기 냇가 덤불 사이에서 시커먼 것이 휙 날아올랐다. 티모는 기겁을 하고 도망치기 시작했다.

"아이쿠!"

티모는 그만 돌부리에 걸려 넘어지고 말았다. 쿵 소리를 어렴풋이 들으며 티모는 기절하였다.

"얘가 왜 이렇게 안 돌아오지?"

티모 엄마는 해질 무렵부터 티모를 기다렸다. 아이들과 노는 것을 좋아했지만 이렇게까지 늦은 적은 없었다. 티모 엄마는 동네 아이들을 찾아갔다. 아이들이 화이트루를 만난다며 촌장님댁 앞에서 기다릴 때는 분명 같이 있었다고 했다. 그런데 그 뒤는 모른다는 것이다.

안절부절하던 티모 엄마는 보안관을 찾아갔다.

"우리 티모가 여태 돌아오지 않아요. 보안관님, 좀 찾아봐 주세요."

보안관은 막 촌장 댁에서 돌아온 길이었다. 귀찮은 생각이 들었다.

"걱정 마세요. 아이들이란 놀다 보면 늦을 수도 있지요."

"아니에요. 다른 아이들은 벌써 집에 돌아왔대요. 그런데 우리 티모는 아무리 찾아도 없어요. 갈 만한 데는 다 가보았거든요. 보안관님, 제발 어떻게 좀 해 주세요."

티모 엄마는 울상이 되었다.

보안관은 인심을 잃어버리면 안 되겠다는 생각이 문득 들었다. 보안관은 친절하게 말했다.

"티모 어머니, 너무 걱정 마세요. 마을 청년들을 시켜 수색해 볼 테니까요. 뿔나팔을 두 번만 짧게 불면 청년들이 모일 것입니다."

티모 엄마는 허리를 굽히며 몇 번이나 고맙다는 인사를 했다.

"뚜우! 뚜우!"

보안관이 뿔나팔을 불었다. 잠자리에 들려던 토끼 마을 주민들은 나팔소리를 듣고 깜짝 놀랐다. 늑대도 없는데 이번엔 무슨 일로?

청년들이 달려 나왔다. 보안관의 얘기를 들은 청년들은 횃불을 들고 둘씩 짝을 지어 마을 전체를 수색하기 시작했

다. 하지만 티모는 보이지 않았다. 그중 한 팀이 혹시나 하는 생각에 절벽으로 향하는 오솔길을 살피며 걸었다.

"저게 뭐야? 아이가 쓰러져 있네."

"티모인가 봐."

그들은 티모를 업고 집으로 달려갔다. 아이는 정신을 잃은 상태였다.

티모 엄마는 울음을 터뜨리며 티모를 안았다. 온몸을 주무르고 따뜻한 물을 마시게 했다.

'이 밤에 무엇하러 오솔길로 갔을까? 그 길은 메이 박사가 있는 절벽으로 향하는 길인데.'

다들 그런 생각을 했다. 보안관은 이리저리 머리를 굴리다가 아침 일찍 촌장댁으로 달려갔다.

"삼촌, 아무래도 티모가 어젯밤 우리 얘기를 들은 것 같습니다."

"뭐?"

촌장은 기절초풍을 했다.

"그러지 않고서야 그 밤에 아이가 오솔길로 갈 이유가 없잖습니까?"

"흐음."

촌장은 신음소리를 냈다.

"네 말은 티모가 우리 얘기를 훔쳐 듣고 박사에게 그 사실을 알리러 갔다는 것이지? 가다가 길에서 쓰러졌고?"

"틀림없는 것 같습니다."

촌장은 얼굴을 찌푸렸다.

"그렇다면 이를 어쩌누?"

보안관은 주먹을 불끈 쥐었다.

"이렇게 된 이상 머뭇거릴 시간이 없습니다. 티모가 깨어나면 입을 열게 뻔합니다. 아이를 없애고 메이 박사도 없애야 합니다."

"티모를 어떻게 없애지?"

보안관은 목소리를 낮추었다.

"자객을 보내야지요. 아이와 메이 박사 모두에게."

한편 티모는 겨우 정신을 차렸다. 엄마는 아직 꼼짝하면 안 된다고 했지만 가만히 누워 있을 수가 없었다. 메이 박사와 화이트루가 비명을 지르며 죽는 환상이 티모를 괴롭혔다.

"엄마, 나 과일이 먹고 싶어요."

"무슨 과일? 뭐든지 말하렴. 얼른 사다 줄게."

티모 엄마는 티모가 깨어난 것이 고마워 어쩔 줄 몰랐다.

"토마토랑 딸기요."

"그래. 잠깐만 기다리렴. 가게에 갔다 올게."

티모 엄마가 문을 열고 나가자 티모는 얼른 자리에서 일어났다. 어지러웠다. 빙글빙글 도는 것 같았다. 그래도 정신을 차리고 따뜻한 털옷을 꺼내 입은 뒤 밖으로 나왔다.

메이 박사에게 가는 길은 너무 멀었다.

'그래. 화이트루를 먼저 찾아가자.'

촌장의 별장은 산속에 있었다. 티모는 있는 힘을 다해 별장으로 달려가다가 기운이 없어 또 넘어졌다. 그래도 벌떡 일어났다. 티모가 이를 악물고 달려서 산기슭에 다다르자 숨이 턱에 닿았다.

티모는 더 이상 한 걸음도 내디딜 힘이 없었다.

"화이트루! 화이트루!"

티모는 화이트루를 불렀다. 산속에 있는 별장까지 들릴 리 없건만 목이 쉬도록 불렀다.

자객은 티모네 집으로 갔다. 낮이라 모자를 쓰고 칼은 옷 속에 감추었다. 대문은 열려 있었다. 자객은 대문을 밀고 마당으로 들어섰다. 그런데 웬일인가? 티모 엄마의 당황한 목소리가 들려왔다.

"티모야! 티모야! 어디로 갔니?"

방문이 벌컥 열리더니 티모 엄마가 밖으로 나왔다.

"누구세요?"

낯선 토끼를 본 티모 엄마는 불안하기만 했다. 자객은 웃음을 띠며 능청스럽게 대답했다.

"아, 네. 티모가 좀 어떤지 촌장님이 걱정하시더군요. 그래서 제가 왔습니다. 그런데 티모는 어디 갔나요?"

티모 엄마는 금방이라도 울음이 터질 듯한 얼굴로 대답했다.

"토마토가 먹고 싶다기에 가게에 다녀왔어요. 그동안에 얘가 어딜 가버렸지 뭐예요."

자객은 웃으며 말했다.

"걱정 마세요. 아마 바람 쐬러 나갔을 겁니다."

"열이 나고 아픈 애가 바람을 쐬러 나가다니, 찾아보아야 겠어요."

"그럼 저쪽 길을 찾아보세요. 저는 이쪽 길로 가보지요."

자객은 골목길을 돌아 재빨리 보안관을 찾아갔다.

"너는 별장으로 가라! 나는 오솔길로 가겠다. 어서!"

자객은 바람같이 별장을 향해 달렸다.

별장으로 가는 산길, 마른 잔디에 티모가 주저앉아 외쳤다.

"화이트루!"

갑자기 대답이 들려왔다.

"티모야, 조금만 기다려. 곧 갈게."

티모는 주위를 둘러보았다. 아무도 없었다.

'헛소리를 들은 거야. 아, 이젠 다 죽고 말겠구나.'

티모는 잔디 위에 드러눕고 말았다.

'힘이 하나도 없어. 움직일 수가 없어.'

티모는 하늘을 바라보았다. 자객은 그런 티모를 향해 칼을 내리치려고 했다. 그런데 그 순간 자객은 자기 몸이 붕 뜨는 것을 느꼈다.

"쿵!"

자객의 몸은 저만큼 길 너머로 떨어졌다.

"화이트루!"

티모는 눈을 비볐다. 분명히 화이트루였다. 티모는 화이트루의 목에 매달렸다.

"화이트루, 박사님이 위험해. 어서 가서 구해야 해."

화이트루는 티모의 말을 듣고 깜짝 놀랐다. 티모를 등에 태운 화이트루는 메이 박사의 연구실을 향해 바람같이 달렸다.

화이트루의 등에 엎드린 티모는 휙휙 바람을 가르며 날아가는 소리를 들었다. 소라고둥처럼 생긴 절벽 길을 돌아 마침내 꼭대기에 닿았다.

티모가 마당을 가리켰다.

"저것 좀 봐."

마당에 자객의 시체가 있었다.

"카우카우!"

카라가 소리를 지르며 시체 위를 빙글빙글 돌았다.

"카라가 자객을 죽인 모양이야. 박사님은 무사하신가봐."

화이트루는 연구실 안으로 한달음에 뛰어들었다.

연구실 안은 깨진 실험 도구가 어지럽게 널려 있었다. 가슴에 칼을 맞은 메이 박사는 의자에 앉은 채로 괴로운 신음소리를 내뱉고 있었고, 조수는 반항을 했는지 방망이를 든 채 그 옆에 쓰러져 있었다. 조수는 이미 숨을 거둔 듯 아무런 움직임도 없었다. 자객은 메이 박사와 조수를 공격한 후 서둘러 밖으로 나가다가 카라에게 죽임을 당한 모양이었다.

"함부로 생명체를…… 만들어 내는 게 아니었는데…… 신의 섭리를 어겼으니 벌을 받는 건 당연한……."

메이 박사는 마지막으로 거친 숨을 몰아쉬며 혼잣말을 남기고는 결국 의자에서 굴러떨어졌다.

"박사님!"

티모가 울음을 터뜨렸다.

"으으으……."

화이트루도 괴로운 신음소리를 뱉어 냈다.

"박사님! 박사님!"

티모는 박사의 가슴에 얼굴을 묻고 울었다. 존경하는 박사님이 이렇게 돌아가시다니. 눈물이 그치지 않았다.

"누가 이런 짓을 한 거니?"

바로 곁에서 말소리가 들렸다. 티모는 곁을 둘러보았다. 아무도 없었다.

"티모야, 나야. 화이트루."

티모는 놀라 화이트루를 바라보았다.

"나는 생각만 할 수 있었는데 네가 부르는 목소리에 반응하다 보니 말문이 트였단다. 말해 다오. 누가 이런 짓을 했는지."

티모는 화이트루의 목을 안고 울면서 자신이 들은 얘기를 해주었다.

"그럴 수가……. 촌장님은 은혜를 원수로 갚는구나. 박사님에게 이런 짓을 하다니. 나도 촌장님이 생명을 죽이라고 할 때 정말 싫었어. 하지만 박사님이 촌장님의 명령에 복종하라고 하셨기에 시키는 대로 했단다. 이제는 박사님을 죽인 촌장을 용서하지 않을 거야. 그 다음엔 내가 죽인 많은 생명들에게 진심으로 용서를 빌고 싶구나."

화이트루의 커다란 두 눈에서 굵은 눈물이 흘러내렸다.

화이트루는 메이 박사의 시체를 물고
밖으로 나갔다. 마당 한 귀퉁이, 늙은 소나무
아래 땅을 파고 고이 묻어 드렸다. 그 옆에
조수도 묻어 주었다.

"박사님, 부디 편안히 쉬세요."

그리고 곧바로 화이트루는 티모를 등에 태우고 나는 듯이 절벽을 내려왔다.

"화이트루, 이젠 어디로 갈 거야?"

"너를 집으로 데려다 주어야지."

"그 다음엔?"

"촌장을 만나야 해."

티모는 화이트루의 목덜미에 얼굴을 묻었다.

"화이트루, 나는 네가 토끼 마을에서 우리랑 같이 살았으면 좋겠어. 난 네가 정말 좋아."

화이트루는 가슴이 뜨거워지는 것을 느꼈다.

"티모, 나는 죄를 많이 지었단다. 이 문제를 먼저 해결해야 해."

티모의 집 앞에서 울음소리가 들렸다. 티모 엄마가 땅바닥에 주저앉아 울고 있었다. 마을 토끼들이 티모 엄마를 위로하다가 화이트루와 티모가 들이닥치자 환호성을 질렀다.

"티모야!"

티모 엄마는 달려와 티모를 끌어안았다.

"어떻게 된 일이야? 엄마는 네가 죽은 줄 알았단다."

티모는 화이트루를 돌아보며 말했다.

"엄마, 화이트루가 날 구해 줬어요."

티모 엄마는 화이트루에게 깊이 고개 숙여 감사를 했다. 둘러선 토끼들은 사랑과 존경이 가득 담긴 눈으로 화이트루를 보았다.

"화이트루, 당신은 우리 토끼 마을의 은인입니다."

"우리 마을에 평화를 가져다준 당신을 진심으로 사랑합니다."

화이트루는 가만히 고개를 숙였다.

세 번째 눈물 – 너를 용서할게

화이트루는 곧바로 촌장의 집으로 달려갔다.

촌장과 보안관은 이미 지하실 깊이 몸을 피한 뒤였다. 이 지하실은 늑대가 쳐들어올 때를 대비해 파 놓은 비밀 아지트였다. 마을 토끼들이 모두 죽어도 자신들만은 살아남을 수 있도록 필요한 모든 것이 준비돼 있었다.

화이트루는 이 비밀 아지트를 전혀 몰랐지만 날카로운 후각이 그를 인도하였다. 촌장에게서 탐욕의 냄새가 계속 풍기고 있었던 것이다. 냄새를 따라가던 화이트루는 벽에 붙은 큰 책장을 밀어젖혔다. 역시 비밀 통로가 있었다.

화이트루는 안쪽을 향해 소리쳤다.

"촌장, 당신과 나는 너무나 많은 죄를 지었소. 우리가 속죄 받는 길은 우리가 죽인 생명들 앞에 진심으로 사죄하고 용서받는 길밖에 없소. 그럴 마음이 있다면 당장 나오시오."

조용했다. 화이트루는 한참 기다렸다.

"나를 원망 마시오. 그 속에서 죽을 때까지 참회하길 바라겠소."

비밀 통로를 막아 버린 화이트루는 밖으로 나와 뒷산으로 향했다.

눈 덮인 숲은 고즈넉했다. 새의 날갯짓 소리조차 안 들렸다.

화이트루는 숲을 조용히 바라보았다. 숲의 숨소리가 들렸다. 나무 한 그루, 풀 한 포기, 새 한 마리도 소중한 숲의 한 부분이다. 그 하나하나의 생명이 모이고 어우러져 숲을 이루는 것이다. 숲은 그 생명들을 키우고 생명은 숲의 한 부분이 된다.

그런데 이기적인 목적을 위해 산속의 동물들을 죽였다. 그때는 명령에 복종해야 한다는 사명감 때문이었지만 그것은 잘못된 명령이었다.

화이트루는 새끼 늑대의 무덤 앞에 무릎을 꿇었다.

"늑대야, 정말 미안해."

새끼 늑대가 살려 달라고 간절하게 애원했는데 아무 힘도 없는 새끼 늑대를 참혹하게 죽인 자신이 미웠다.

문득 촌장의 말이 머리를 스쳐갔다. 보안관이 새끼 늑대를 잡아 왔을 때 촌장이 차갑게 내뱉던 말이었다.

"화이트루, 이 새끼 늑대는 늑대 여왕의 아들이다. 늑대들이 그동안 우리 토끼 마을에서 얼마나 잔혹한 짓을 했는지 네가 안다면 내 마음도 이해할 것이다. 당장 이 늑대 새끼를 죽여라. 이것도 훈련이다."

그때는 무심코 지나쳐 버린 말이었다. 그러나 이제 와 돌이켜 보니 새끼를 잃은 늑대 여왕은 어미로서 얼마나 마음이 아팠을까 하는 생각에 자신이 더욱 미워졌다.

늑대 여왕은 아들이 죽은 줄도 모르고 아들을 찾아 온 숲을 헤맸을 것이다. 그리고 돌아올 날을 기다렸을 것이다.

화이트루는 늑대바위를 찾아가기로 했다. 늑대 여왕을 만나 여왕의 아들을 죽인 것이 자신임을 밝히고 용서를 빌고 싶었다.

늑대들을 찾아가면 자신을 사정없이 물어뜯어 죽일지도

모른다. 그래도 가서 용서를 비는 것이 마음의 고통에서 벗어나는 길이라고 생각했다.

'늑대들은 지금 어디 있을까? 늑대바위에? 아니면 어디론가 이동했을까? 그때 첩자 토끼가 늑대들이 늑대바위에서 이동한다는 정보를 입수해 왔었지. 그 첩자 토끼를 만나면 좋을 텐데.'

우선 늑대바위로 향했다. 늑대바위는 겨울나무 숲 근처에 있는 아주 큰 바위다.

겨울나무 숲을 지나는데 바로 얼마 전의 전쟁이 떠올랐다. 늑대들의 비명 소리가 들리는 것 같았다.

드디어 늑대바위가 보였다. 고인돌처럼 생긴 바위는 불에 그슬린 것처럼 시커멓게 보였다. 이리저리 둘러보았지만 늑대는 한 마리도 보이지 않았다. 어디 먼 곳으로 떠나버린 모양이었다. 화이트루는 늑대들의 행방을 알고 싶었다.

문득 한 가지 생각이 떠올랐다. 늑대 여왕은 아직도 아들을 포기하지 않고 찾을지도 모른다. 시체를 발견하기까지는 살아 있다는 희망을 버리지 않을 것이다. 그렇다면 늑대 수색조는 아직 근처 숲을 뒤지고 있을지도 모른다.

불사조는 조용히 숲 속으로 걸어 들어갔다. 신경을 곤두

세우고 바스락 소리에도 귀를 기울였다.

무작정 헤매는데 누군가의 움직임이 느껴졌다. 화이트루는 조용히 그 움직임을 따라갔다. 도토리나무 사이로 고라니 한 마리가 보였다. 어미 고라니였다. 갑자기 화이트루가 나타나자 고라니는 너무 놀란 나머지 그 자리에 얼어붙은 듯 멈춰 섰다. 커다란 눈망울이 겁에 잔뜩 질려 있었다.

"미안해요, 놀라게 해서."

"다, 당신은 화이트루가 아닙니까?"

고라니는 겨우 입을 열었다.

"그래요. 나는 화이트루예요. 하지만 예전의 화이트루가 아닙니다."

"그, 그게 무슨 말씀이죠?"

"예전에 나는 생명을 많이 해쳤어요. 지금은 그 사실이 너무나 죄스러워요. 나로 인해 목숨을 잃은 생명들에게 진심으로 사죄하고 싶어요."

화이트루의 목소리가 떨렸다. 고라니는 반신반의하는 표정을 지었다.

"나는 늑대 여왕을 찾아가 용서를 빌고 싶어요. 당신이 알고 있다면 좀 가르쳐 주세요."

고라니는 잠시 화이트루를 바라보다가 입을 열었다.

"나는 늑대를 무서워해요. 늑대나 당신이나 모두 우리의 적이죠. 우린 약하기 때문에 당신들의 먹잇감일 뿐이에요. 그래서 산다는 것이 늘 조심스럽죠. 마치 살얼음을 밟는 것처럼."

화이트루에게 고라니의 목소리는 한숨 소리처럼 들렸다.

"그것은 자연의 법칙이에요. 늑대들은 배가 고플 때만 사냥하니까 당신들이 그렇게까지 겁낼 필요는 없을 거예요. 문제는 내게 있었어요. 나는 촌장에게 복종해야 했거든요. 시키는 대로 생명을 죽였어요. 먹잇감을 위해서라면 양심의 가책을 받을 필요까진 없었을 텐데. 그저 훈련이란 목적으로 생명을 죽인 거지요."

화이트루의 얼굴은 고통으로 일그러졌다. 고라니는 화이트루에게 점점 신뢰를 느꼈다.

"구태여 늑대가 있는 곳을 숨겨 줄 필요는 없죠. 늑대들은 당신에게 패한 후 황무지로 갔답니다."

"황무지?"

"네, 황무지는 이 산 너머 북으로 백 리 정도 떨어진 곳에 있답니다. 저도 카라에게 들었어요."

"카라? 독수리 카라말이에요?"

"네. 카라를 아세요?"

"메이 박사 연구실 앞에 있던 소나무에 살았지요. 지금 어디 있어요?"

"아직도 거기 살고 있어요. 가끔 사냥을 하러 나오지요."

"고마워요. 카라가 아직 거기 살고 있다는 것이 기뻐요. 거긴 박사님이 묻힌 곳이고, 내가 태어난 고향이기도 하지요."

화이트루는 달렸다. 산 너머 북쪽으로 백 리, 황무지를 찾아서.

산을 넘고 숲을 지나고 강을 건넜다. 바람을 가르고 언덕을 지나 쉬지 않고 달리기만 했다.

어느새 날이 어두워지고 있었다. 황무지에 닿았을 땐 하늘에 별이 총총 돋기 시작했다. 나무 한 그루 없는 빈 들판엔 여기저기 높은 언덕들이 서 있었다.

'늑대들은 어디 있을까?

화이트루는 언덕을 둘러보았다.

그때 뒤에서 기척이 느껴졌다.

"꼼짝 마라."

다섯 마리의 늑대들이 순식간에 화이트루를 에워쌌다.

"너는 누구냐?"

"나는 여왕님을 만나러 왔다. 만나게 해 다오."

"네가 누구냐고 물었다."

"……."

화이트루는 망설였다. 만일 화이트루란 것을 안다면 늑대들이 두려워할지도 몰랐기 때문이다.

"네가 누군지 왜 밝히지 않느냐?"

그때 늑대 한 마리가 떨리는 목소리로 말했다.

"이… 이… 자는… 화이트루 같습니다."

순간 늑대들에게 두려움이 번졌다. 키 큰 늑대가 한 발자국 앞으로 나서며 말했다.

"화이트루가 맞는가?"

"그렇소."

"겨울나무 숲에서 우리를 그렇게 해치고도 모자라 여기까지 왔느냐?"

"그렇지 않소. 나는 여왕님을 만나 용서를 구하고 싶어 왔소."

"말도 안 되는 소리. 여왕님을 해치고 우리를 죽이려고 왔지?"

우두머리 늑대는 조용히 으르렁거렸다.

"아니오. 나는 큰 잘못을 저질렀소. 늑대 여왕의 아들을 죽였고 당신들을 해친 잘못을 깊이 뉘우치는 중이오."

우두머리 늑대는 부르르 치를 떨었다.

"왕자님을 해친 게 바로 너였구나. 너는 우리의 철천지원 수다."

화이트루는 무릎을 꿇었다.

"여왕님을 불러 주시오. 처분대로 벌을 달게 받을 작정 이오."

늑대들은 서로 얼굴을 보았다. 믿을 수 없는 일이었기 때문이다.

잠시 침묵이 흘렀다.

늑대 한 마리가 말했다.

"대장, 여왕님을 모셔 올까요?"

"아직은 안 돼. 여왕님이 위험할 수도 있다."

화이트루는 눈을 감았다.

'역시 내 진심을 믿어 주지 않는구나.'

"화이트루. 이유가 뭐냐? 너처럼 막강한 힘을 가진 자가 우리를 찾아와 용서를 빌다니 이해하기 어렵다."

"여왕님께 데려다 주면 다 말하겠소. 믿을 수 없다면 나를 죽여도 좋소."

우두머리 늑대는 마침내 결단을 내렸다.

"좋다. 나를 따라오너라."

늑대들은 언덕을 넘어 커다란 동굴 속으로 화이트루를 안내했다.

은빛 털을 가진 늑대 여왕은 사슴 보료 위에 앉아 생각에 잠겨 있다가 벌떡 일어났다.

"여왕님, 이 자는 화이트루입니다. 여왕님을 꼭 만나야 한답니다."

여왕은 침착하게 화이트루를 쏘아보았다.

"화이트루, 그대가 무슨 일이냐? 여기까지 나를 찾아오다니."

화이트루는 여왕에게 공손히 절을 하였다.

여왕은 몹시 놀라는 눈치였다.

"그대는 지금 적진에 들어와서 적장인 나에게 절을 했다. 무슨 의미인가?"

우두머리 늑대가 말을 받았다.

"여왕님, 왕자님을 죽인 범인이 바로 이 자입니다."

"뭐라고?"

순간 늑대 여왕의 눈빛이 파르르 떨렸다.

"그 어린 것이 무슨 죄가 있다고 죽여야 했느냐?"

"당시 저에겐 명령에 복종할 의무만 있었습니다. 하지만 죽인 것은 저입니다. 벌을 내려 주십시오."

여왕은 주먹을 부르쥐며 말했다.

"그대처럼 강력한 힘을 가진 자가 토끼의 명령에 복종해야 했다니 무슨 궤변인가?"

"저는 메이 박사의 실험실에서 태어난 병기입니다. 당신들에게 원한을 품은 토끼들을 위해 늑대들을 죽여야 했습니다."

"그런데 지금 그대는 왜 용서를 구하고 있는가?"

"박사님이 만든 제 천성은 선함과 강함 두 가지입니다. 그런데 저는 촌장에게서 무서운 욕심을 보았습니다. 저를 이용하고 필요가 없어지면 제거하려 했지요. 무조건적인 복종이 어리석었다는 생각이 들자 제가 죽인 생명들에 대한 죄의식이 제게 고통을 주었습니다."

여왕은 몹시 괴로운 표정을 지었다.

우두머리 늑대가 나서서 말했다.

"여왕님, 이 자는 죽어야 마땅합니다. 이 자 때문에 죄 없는 왕자님이 살해당했습니다. 또 겨울나무 숲에서 수많은 우리 형제들이 죽었습니다. 원수를 갚아야 합니다."

"잠깐 기다려 달라."

여왕은 천천히 자리에서 일어나더니 굴 밖으로 나갔다.

"여왕님은 지금 몹시 괴로우시다. 분명히 말하지만 너는 용서 받을 수 없는 죄를 지었어. 양심이 괴롭다는 것이 그 증거다. 당장 목숨을 내놓아라."

화이트루는 고개를 끄덕였다.

"좋다. 너희들 마음대로 하거라."

화이트루는 모든 것을 체념하고 눈을 감았다.

우두머리 늑대는 둘러선 늑대들에게 눈짓을 했다. 그러자 늑대들은 일시에 송곳니를 드러내고 화이트루를 향해 덤벼들었다. 우두머리 늑대는 날카로운 송곳니를 화이트루의 어깨 깊숙이 찔러 넣었다. 화이트루는 이를 악물었다.

"무슨 짓들인가?"

여왕의 화난 목소리가 들렸다. 늑대들은 멈칫하더니 얼른 화이트루에게서 물러났다.

늑대 여왕은 천천히 다가오더니 화이트루의 어깨를 끌어안았다.

"화이트루, 당신을 용서하겠소. 내 아들을 죽이고, 내 백성을 죽인 당신을 용서하겠소. 당신도 우리의 죄를 용서해 주시오."

여왕은 화이트루의 어깨에 난 상처를 조용히 핥기 시작했다.

화이트루의 눈에선 굵은 눈물방울이 흘러내렸다.

굴속으로 노란 달빛 한 줄기가 흘러들었다.

 흰 눈이 온 세상을 하얗게 뒤덮던 날, 화이트루가 태어났습니다.

 권력의 욕심에 눈이 어두운 촌장, 잘못된 일인 줄 알면서도 신의 섭리를 거스르는 일을 하는 메이 박사, 훈련이라는 명목으로 어린 생명마저도 무자비하게 죽이는 화이트루, 비록 자신의 아들을 죽인 원수지만 그런 화이트루를 용서하는 늑대 여왕…….

 어쩌면 이들은 우리 인간 사회에서도 찾아볼 수 있는 모습일 것입니다.

 인간의 내면에도 똑같이 그러한 이중성과 사악함, 욕심 등이 있겠지만 그 무엇보다도 중요한 것은 용서를 구

하는 마음, 또 용서하는 마음일 것입니다.

　이 책이 외로운 사람들의 친구가 되고, 슬픈 사람들에게 위로가 되며, 아픈 사람들에게 치유가 되고, 불행한 사람들에겐 행복이 되었으면 하는 바람입니다.

　저의 가족 모두와 원정이, 소현이 등 세계 각지에서 응원해 주고 있는 친구들, 그리고 책이 나오기까지 수고해 주신 모든 분께 감사의 말씀을 전합니다.

김은진

글 김은진

책이 세상을 아름답게 변화시킬 수 있으리란 믿음을 가지고 작가의 꿈을 키워 가고 있는 학생이다. 이기심이 만연한 세상을 향해 생명의 소중함을 일깨우고, 인간 내면의 이중성을 보여 주며, 용서가 가장 아름다운 덕목이라는 메시지를 전하고 싶어서 이 글을 썼다.

그림 백명식

대학에서 서양화를 전공한 뒤 글과 그림에 관련된 여러 가지 일을 하고 있다. 100여 권의 창작 그림책을 직접 쓰고 그렸으며, 출판사, 사보, 잡지 등에 일러스트레이션을 발표하고 있다. 그린 책으로,《민들레 자연과학동화》《책읽는 도깨비》《책귀신 세종대왕》《책읽어주는 바둑이》외 여러 권이 있으며, 쓰고 그린 책으로,《엄마 어렸을 적에》《김치네 식구들》등이 있다. 2008년 소년한국일보 우수도서 일러스트상을 받았다.

토끼의 눈물

글 김은진
그림 백명식

1판 1쇄 발행 2011년 5월 1일
1판 3쇄 발행 2016년 12월 30일

펴낸이 김정주
펴낸곳 (주)대성 해와비
등록 제300-2003-82호
등록일 2003년 5월 6일
주소 서울시 용산구 후암로 57길 57 (동자동) (주)대성
전화 (02) 6959-3140 / 팩스 (02) 6959-3144
홈페이지 www.daesungbook.com / 전자우편 daesungbooks@korea.com

ISBN 978-89-92758-86-4 (43800)

● 이 책의 가격은 뒤표지에 있습니다.
● 해와비는 (주)대성에서 펴내는 아동서 브랜드입니다.
● 잘못 만들어진 책은 구입하신 곳에서 바꾸어 드립니다.

이 도서의 국립중앙도서관 출판시도서목록(CIP)은 e-CIP홈페이지(http://www.
nl.go.kr/ecip)와 국가자료공동목록시스템(http://www.nl.go.kr/kolisnet)에서
이용하실 수 있습니다.(CIP제어번호 : CIP2011001457)